KB196584

그리움,
가슴에 숨어 피는
꽃

그리움, 가슴에 숨어 피는 꽃

펴낸날   초판 1쇄 2024년 11월 25일

지은이   박미옥
펴낸이   서용순
펴낸곳   이지출판

출판등록   1997년 9월 10일
등록번호   제300-2005-156호
주소   03131 서울시 종로구 율곡로6길 36 월드오피스텔 903호
대표전화   02-743-7661 팩스 02-743-7621
이메일   easy7661@naver.com
창작지도   윤보영 감성시학교
인쇄   ICAN
물류   (주)비앤북스

값 13,000원

ISBN 979-11-5555-239-1 03810

※ 잘못 만들어진 책은 교환해 드립니다.

박미옥 감성시집

그리움,
가슴에 숨어 피는
꽃

이지출판

일상을 소재로 시를 참 잘 쓰는 시인!
박미옥 시인이 첫 시집을 발간한다.

박미옥 시인과의 첫 만남은 한국방송통신대학교 국어국문학과 학생들의 공부 모임인 '문우사랑'에서 였다. 2년 전 문우사랑의 요청으로 감성시 쓰기 수업을 시작해 지금까지 이어오고 있다.

퇴근 후 진행된 수업을 통해 감성시에 대한 소개와 감성시 쓰는 요령, 특히 시어를 먼저 제시하고 그 시어를 '윤보영 시인의 시쓰기 공식 10'에 적용하여 쓴 메모에 첨삭 의견을 더해 한 편 한 편 시가 되었다. 이렇게 적은 시가 시집으로 탄생되었고, 문우사랑 강의실에서 열심히 수업을 듣던 시인의 모습이 눈에 선하다.

이제 박미옥 시인은 감성시인이 되었다. 시집 속 시들은 한결같이 독자가 주인공이 될 수 있게 전개하였고, 시를 읽은 독자가 '아하!' 하고 저절로 감동받을 수 있게 마무리했다. 그 감동이 시집을 읽은 몇몇 독자에 그칠 것이 아니라 보다 많은 사람들이 시를 읽고 감동을 경험할 수 있게 시집 발간은 물론 SNS를 통한 감성시 발표도 부탁드린다.

더불어 시집이 발간될 수 있도록 도와 주신 가족과 격려와 힘이 되어 주신 문우사랑 회원들에게도 깊이 감사드린다. 더불어 박미옥 시인이 앞으로 감성시로 더 큰 시인이 될 수 있도록 늘 곁에서 도와드릴 것을 약속드린다.

윤보영 감성시학교 '이야기터휴'에서
커피시인 윤보영

● 시집을 내며

시를 쓰는 시간은 세상이 멈춘 것같이 나만의 세계로 빠져듭니다. 시인에게 시라는 것은 열매를 맺기 위한 꽃을 피우는 작업입니다. 삶의 희로애락과 삼라만상의 모든 빛깔을 양분 삼아 한 편 한 편 시를 정성 들여 적어 보았습니다.

아름다운 언어로 포장하고, 아름다운 현실로 꾸미다 보면 내 안에 작은 행복이 넘실거립니다. 시쓰기 공부를 하면서 실생활 경험을 되살려 다양한 소재들을 자세히 관찰하고 순수한 눈으로 주변을 바라보며 느낀 감정을 옮기려 노력했습니다.

시집을 내려는 엄두조차 못 내고 있었는데 용기를 주신 윤보영 시인님께 감사 인사를 드립니다. '윤보영 시인의 감성시 쓰기' 수업을 들으며 숙제를 빠지지 않고 적다 보니, 작품 한 편 한 편이 모여 이런 좋은 결과를 가져오게 되었습니다.

　항상 뒤에서 힘이 되어 주는 남편과 가족, 주위 모든 분께 감사합니다. 부족하지만, 용기 내어 첫 시집을 여러분께 선보입니다. 고맙습니다.

2024년 늦가을
박미옥

● 차례

제1부 강물처럼 흐르는 그리움

제2부 바람이 데려간 그곳에서

제3부 바다가 그린 그림

제4부 촛불은 밤을 지새우며 운다

제5부 그대 만날 것 같은 봄

제1부

물음표 가득한 세상

어느 봄날

그대여
빈 의자에 앉아
내 어깨에 기대어
아무 걱정하지 말아요

벚꽃 피는 터널에
연인들의 다정한 모습
우리는 벌써 해 보았잖아요

봄날 같은 나날들
뒤안길에 묻어 두고
아무 걱정하지 말아요

커다란 벽이 될게요
나무가 되어 줄게요

그대여
내 그대여!

아침

무거운 눈꺼풀을 올린다
옆에 나란히 누운 그대!
나와 눈 마주치자
잘 잤다며 몸을 뒤집는다

입을 조금 벌리고
네 다리는 쭉 뻗은 채
아침 기지개를 켠다

그대와 함께하는
이 아침!
내 행복도
따라 기지개를 켠다.

그대이고 싶어요

그대 나를 보아요
웃고 있지요

그대 나를 보아요
울고 있지요

그대가 웃으면 나도 웃고
그대가 울면 나도 울고
그대는 내 안에서
나와 함께 있어요

살그머니
나를 복사해 놓고
그대인 척 있어요.

약속

나는
거짓말쟁이

새끼손가락 걸고
약속한 일
지키지 않는 나는
진짜 거짓말쟁이

당신을 죽도록
사랑한다 했으면서
아직도 살아서
당신 그리워하는
정말 거짓말쟁이

웃음이 나오도록
거짓말쟁이!

담쟁이 편지

담쟁이 넝쿨로
편지를 쓴다

가을로 붉어진
가슴 숨기려고
여기저기 낙서처럼 적는다

두근대는 마음으로
적은 편지를 읽는다

여전히
기다림이라는 이름으로
내 안에 빼곡히 적힌 편지!

단풍빛 그리움

그대에게
보고 싶은 마음을 보내야겠습니다

그 마음
포장할 때
단풍빛 그리움을 넣고
가을 향기도 담았습니다

포장하는 나를 보고
단풍도 허둥지둥
곱게 물듭니다.

겨울나무처럼

나뭇가지 끝 빈 까치집 두 채
바람이 다가와 이리저리 흔든다

서러움에 시린 손 비벼 보지만
응어리진 마음은 풀리지 않고
개울물에 비친 마음
오히려 더 서럽다

다시 마음을 열고
햇살을 부른다
따뜻한 기운에 가슴이 열린다

봄이 다가온다
꽃을 기다리듯
오늘도 그대를 기다린다.

홍시

첫눈 내린 초겨울
감나무 끝에 홍시가 주렁주렁
두 손 부여잡은 인연
쉽게 놓지 못하고 매달려 있다

초여름 약한 비바람에
땡감은 우두둑 잘도 떨어지더니
세월의 흐름에 연연하는가?
안쓰러움이 밀려온다

낯익은 바람이 분다
봄이 오고 있다
그제야 홍시는
저절로 떠날 준비를 한다.

늘 사랑

그대 사랑
그대 떠난 자리
서러움이 담기네요

어쩌면
그대 사랑도
재활용할 수 있었을지 몰라

아니 아니,
늘 사랑
그리움 속에서
지금도 쉬지 않고
이어지는 사랑!

그대 생각

봄바람 타고
진달래 한아름
가슴에 안고 피었다

그대 떠난
빈자리 채워 주려고
더 활짝 핀 진달래!

그립다는 말 대신
애꿎은 꽃잎 하나
머리에 꽂는다

바람이 스쳐간 자리
그대가 서 있다.

물안개

보일 듯 보일 듯
덮인 연못
물안개 속에
숨어 버린 그대!

지워지지 않는 그대는
작은 물방울이 되어
내 가슴에 맺힌다

아득한 전설
그대가 주인공인
그리움이 된다.

사랑꽃

내 안에
꽃씨처럼
그대 생각을 뿌려 두고
그대 닮은 꽃 피길
기다린다

그대 웃음 닮은 꽃
그대 향기 닮은 꽃

어울려
내 안을
꽃밭으로 만들

아,
사랑꽃!

번개

그대 그리움이
번개같이
내 안을 스쳐간다

아직은 그대를
사랑하나?

텅 비워 놓은
내 가슴을
그리움이
세차게 흔든다

수도꼭지 틀 듯
그대 생각이 쏟아진다
사랑하는 게 맞다.

이름을 부를 때마다

음
음
음
목소리를 가다듬는다

그대가 이름을
부를 때마다
가슴부터 떨린다

이름 속에서
그대 웃는 얼굴로 나와
내 앞에 선다

그러다
그리움에 둘 다 감전된다.

상사화

선운사 상사화 앞에서
추억에 젖는다

그립다 그리워
엇갈린 사랑!
우리 어제 만날까?

알고 보니
기다림이 사랑이고
그 사랑이 인생인데

인생 앞에서
만난다는 희망만 있어도
기어이 꽃을 피우고 마는
내 그리움!

이게, 기다림에
가슴이 상사화로 피는 이유다.

그늘

나무는
그늘을 펼쳐
사람들이
쉴 수 있는 공간을 만들고

그대 생각은
그리움을 펼쳐
바쁜 일상을
쉬어 갈 수 있게 만들고.

어부바

어느 봄날
코끝을 스치는 바람에 설렌다

둘이 길을 걷다
기운 없다는 투정에
성큼 등을 내밀어 준 당신

철없이 덥석 업히어 보니
버석거리는 등짝에
가슴이 아리다

봄바람 타고
앙상한 가지만 남기고
가버린 흔적들!

마음이 서러워
스멀스멀
서러움이 기어오른다.

우산 속으로

비가 온다
우산으로 가린 그리움!

어느새
받쳐 든 우산 속으로
보고 싶은 마음이 스며든다

이러다
그대 생각 젖을까 봐
잠시
그리움을 접는다.

노을 앞에서

그대 바라보다 황홀해서
가슴이 타들어 가는 순간!
미련 없이 떠난 그대

늘 그랬듯이
내일이면
아무 일 없다는 듯
다시 찾아오겠지

그러니
내가 널
기다릴 수밖에.

다리가 글쎄

그대와 손잡고
걷던 다리

이제는 혼자서
다리 위를
뚜벅뚜벅
그리움을 담고 걷는다

그런 날 보고
그리움도 사랑이라며
위로한다

다리가 글쎄,
내 안에 놓인 다리가.

강물이 흐르고

세월 따라 강물이 흐르고
세월 따라 내 마음도 흐르고

그대 어디에
머물고 있나?

그러다 알았다
내 안으로
강물처럼 흐르는
그리움 속에 있다는 사실.

가로수 길

시원한 가로수 길을 걸으면
기분이 상쾌해진다

푸른 잎이 무성하고
상큼한 바람이 불고

내 안에
가로수 길을 내고
내 안의 당신과
그 길을 걷고 싶다

나도 그대에게
상큼한 사람이고 싶다.

가을이 오면

가을이 오면
사과 먹어야지
배 먹어야지

인생 뭐 있나요?
먹고 싶은 것 먹고
그리운 사람 생각하며 웃고
그렇게 살면 되는 거지

가을이 오면
그리움 앞세워
그대 만나고 싶은
내 가을이 오면.

첫사랑

가을바람이 분다
빛바랜 사진 한 장
가슴에서 꺼낸다

그리움보다
늘 웃음을
먼저 건네는 당신!

내 그리움 속에
머물러 주어 고맙다며
가을바람 편에
사연 하나 적어 보낸다.

진달래꽃

진달래꽃 필 때면
떠나간 그대가 생각난다

분홍빛 사연을 담은
옛사랑 이야기가
봄 햇살에 아름아름 피어난다

그대 향기 품어 안은 내 가슴에
조각난 그리움이
따사로운 봄빛을 머금고 있다

내 삶의 봄길에
진달래꽃 필 때면
그대도 피어난다.

제2부

바람이 데려간 그곳에서

갯바위

파도는 아픈 사연을 지우려고
갯바위에 부딪힌다

갯바위는
파도를 보듬어 보지만
가슴이 더 아리다

그대 기다리며
지난 세월에
무심히 왔다가는 사연들
파도가 가져온 그리움이었다

철썩
척
쏴.

오솔길

단풍 든 오솔길을
혼자 걷는다

저 혼자 뒹굴다
밟히는 낙엽
바스락거린다

깜짝 놀라
두리번두리번!

텅 빈 오솔길 끝에서
그대가 기다릴 것 같아
마음만 조급하다.

숨어 피는 꽃

가슴에
숨어 피는 꽃

기쁜 날이나
슬픈 날도
늘 진한 향기를 담고

그냥 꽃으로
나를 위해 기도하며
가슴에 머무는 꽃

아~
그대라는 꽃!

그네

바닷가 산책길에서
그네를 탔다

앞으로 갔다 뒤로 갔다
앞으로 갔다 뒤로 갔다
그리움을 흔들면서
추억 속을 왔다 갔다

가도 가도 그 자리
보고 싶다
보고 싶다
지금 이 자리.

지하철

햇살도 얼어붙은 출근길
지하철은
검은 패딩 단체복으로
표정이 얼어붙었다

한 손에 휴대전화 들고
고개 숙인 채
연신 손가락만 바쁘다

지하철 안에
좀비들 무리가 산다
가는 역마다
누구의 지시를 받은 걸까?

우르르 내리고
우르르 타고
우르르 우르르.

바람

스치는 바람은
바람일 뿐
인연이 될 수 없다

스치는 바람에
연연하지 말고
나처럼 길을 잘 아는 바람에
인연을 맡기자

바람이 데려간 그곳에서
그대를 만났고
그곳에서
내 가슴에 보금자리 튼
지금 행복도 얻었으니까.

동치미

겨울이면
땅속에 묻어 둔 동치미에
팥시루떡을 밤참으로 먹었다

옆에 수수조청엿이
소담스레 기웃거렸고

동치미는 긴긴 세월 감당하며
여전히 같은 맛을 내는데
엄마 손은
겨울나무처럼 버석거린다

세월아!
우리 엄마 만나거든
못 본 체 스쳐 지나가다오.

꽃잎 하나

꽃잎 하나
그대 가슴에

꽃잎 하나
그대 눈가에

꽃잎 하나
그대 입가에

또르르르
또르르르

그대 모습 내 안에
저축해 둘게요

그대 사랑 익으면
그때 복리로 주세요.

나팔꽃

이른 아침
산책길에
부지런 떨고 핀
나팔꽃!

다시 바도
그대 얼굴이다

그런데
내 안에서
언제 달려나와
저기 꽃으로 피어 있지?

내 얼굴

세월은 심술쟁이
이마에 주름
눈가에 주름
입가에 주름

하루하루
여기저기 주름으로
낙서하고 다닌다

하지만 돌아와
거울 앞에 앉으면
낙서는 즐거움일 뿐!

'아직은 젊다!'
웃음꽃을 피운다.

골목길

집에 가기 위해
골목으로 접어들면
좁고 불편하다는 생각이
먼저 들었다

한세월 흐른 지금
골목길은
내 안에 그대로 있다
그 길로 들어서면
늘 방랑자가 되게 하는 골목길

투덜거리며 다다른
골목 끝에는
그대 미소처럼 반기는 솜틀집

그리움을 밑그림으로 그리고
그대 미소를 다시 그릴 수 있게
여백을 선물하는
그때 그 솜틀집이 있다.

우체통

장승처럼
회색빛 거리 한 모퉁이에 서서
지난 사연을 가슴에 품고 있다

바쁘게 오가는 사람들
아려오는 그리움에
빛바랜 사연 하나
슬며시 가슴에서 꺼낸다

배달되었을
어쩌면 배달되지 못했을
아~
깊은 사랑!

장미의 유혹

5월이면
감춰 놓은 가시 하나 믿고
내 눈길 사로잡겠다며
유혹하는 장미!

눈빛 마주친 김에
그대에게 그랬듯
못 이기는 척
넘어가면 안 되겠니?

꽃밭

8월 햇볕은
무엇이든
다 녹일 기세다

더위에 시든 꽃
수도꼭지 틀고 물을 준다

다시 생기를 찾고
활짝 핀 꽃!
은은한 향기를 내뿜는다

네가 나에게 그렇듯
줄 것이 소박해서
미안하다.

시험 보는 날

뛰는 가슴을 가만히
누른 채
눈도장을 스윽
찍어 본다

본 듯 스친 듯
어렴풋이
안면은 있으나
오다가다 스친 인연뿐

가자미눈을 빌려 보지만
눈총만 받을 뿐
빈손이고

갈 길 먼 연필은
재촉하는데
밤새 만난 인연들은
어디로 사라졌는지
둘러봐도
낯선 얼굴뿐

인연 아닌 것에
연연하지 않고
미련없이
떠나보내련다
다음을 기약하면서.

가을비

텅 빈 운동장에
가을비가 내린다

아이들 발자국 따라
웃음꽃이 피고

그러다 그러다
일상에서 만난
낯익은 얼굴!
그대 얼굴을 그린다

여전히 비가 내리고
여전히 그대가 그립고.

간판

우리 집 간판은
내 얼굴이다

온 동네
누구 엄마로
다 통한다

그래서
멀리서도
잘 보이게
늘 환하게 웃고 지낸다.

정

정이란
씹던 껌처럼
탁 뱉어 버려도

그리움에
탁 들러붙어
발버둥친다

참 많이
보고 싶다.

빗속을 걷는다

후두둑
소나기가
가슴속으로 내리친다

커다란 우산에
빨간 장화로 무장하고
빗속을 걷는다

비바람이
점점 더 거세진다

그래 비야,
그대 생각 더 많이 꺼낼 테니
내리려면 내려라.

텃밭에

텃밭에
꽃씨 하나 심어 놓고

자꾸 눈길이 가서
이상하다 싶어
다시 보니
그대 생각이었다

믿지 않다.

구름

파란 하늘
구름이
그대 닮아
자꾸 올려다본다

구름도
내 맘 아는지
따라오며 보여 준다.

여행

혼자
경주 불국사로
여행을 떠났다

모든 것
다 내려놓고 싶어
떠난 여행!

돌아와 보니
가슴에
그대 그리움만
한아름 더 담겼다

다행이다.

시소

시소에 앉았다
아직은
사랑이 부족했나?
앉은 쪽이 내려간다

그대 생각을 꺼낸다
조금씩
조금씩
앉은 쪽이 올라간다

아프도록
그립다.

자명종

긴긴밤을 지새우고
살포시 다가와
깊은 잠을 깨우는 그대

아침마다 투덜거려도
늘 가까이서 바라보며
막내딸 투정처럼 받아준다

세월이 지나도 등교를 재촉하는
정겨운 엄마의 숨결 같은
그대는 내 삶의 일부가 되었다.

제3부

바다가 그린 그림

하늘

노을빛은
어제와 오늘이
같은 듯 다르다

노을을 가슴에 담고
붉은 바탕에
고향 하늘을 그리고 있다

밭이랑처럼
넉넉한 얼굴로
자식 소식 기다리며
대청마루에서 서성대는
아버지
아버지!

고향 하늘은
언제나 애잔하다.

엄마

엄마 얼굴은
감자꽃이다

6월
내 가슴에 핀
꽃.

해바라기

진한 햇빛
바람에 의지한 채
주름 걱정 안 하고
한바탕 웃어넘기는 재치

엄마 얼굴은 꽃이다
여름이
내 가슴에 피운
엄마라는 꽃.

채송화

우물가에
채송화가 피었다

꽃 좋아하는
엄마를 위해
아버지가 만든 꽃밭!

그 꽃밭에서
땅을 덮고 핀 채송화는
엄마와 아버지의 삶이다
지금 부모가 된 우리다.

어버이날

내 가슴에 달린
카네이션을 봅니다
그대 가슴이
휑해 보입니다

내 가슴에 안긴
선물 보따리 풀었다가
그대 가슴이
텅 비어 있는 걸 보았습니다

이기적인 마음이
그대 가슴 채우지 못하고
세월만 핑계 대다
여기까지 왔습니다.

메아리

어릴 적 동네를 울리던
엄마 목소리

해 질 녘
굴뚝에 연기 피어오르고
가마솥에 밥이 익어 갈 때
엄마가 부르는 소리!

메아리가
귓가에 맴돈다

한세월 지난
지금 생각해도
쩌렁쩌렁한
사랑이다.

젖은 구두

쇠죽을 끓이면서
아궁이 앞에 앉아
연신 손을 뒤적이는 아버지

비에 젖은
까만 여학생 구두
한 켤레 손에 들고
요리조리

아침에
기분 좋게 등교하는 딸
그 모습 생각하며
얼굴에 미소가 푸짐하다

가슴에 담긴
그 미소, 지금도
비 오는 날
아버지 생각 꺼내면
그리움으로 담긴다.

자전거

앞바퀴를
밀고 가는 뒷바퀴

한세월
지나고 보니
아버지를 밀고
자식들을 밀고

아,
그리운
내 어머니!

지우개

치매 걸린 시아버지 얼굴은
항상 무표정이다

굵고 가늘게 새긴
지난 사연들
깨끗이 지운 지 오래

지우고
또 지우고
머릿속까지 하얗게 지워냈다

삶의 목표였던
아들과 딸까지
모두 지워 버리신 아버지!

가족들 마음에
사랑으로 옮겨 적고
다 지웠다.

아버지 구두

툇마루 끝에
반짝반짝 아버지 구두
한 켤레 놓여 있다

어쩌다 가끔은
검은 고무신 대신
구두를 신고 외출하는 날

어린 우리는
아버지 모습에
검은 고양이 눈을 달고
아버지 기다리며
온종일
떼구루루 떼구루루.

등곳길

국화꽃 예쁘게 핀 마당에서
아버지 싸리 빗자루에
나뭇잎 쓸려가던 마당!

그 옆에 서서
내 등곳길 재촉하던
엄마 목소리!

그 모습
그 목소리
어렴풋이
바람에 담겨 온다

그립다.

아버지의 눈물

병상에 누워 계신 아버지
얼굴 한 번 더 보겠다고
내려간 친정

홑이불보다 가벼워진
몸을 들썩들썩
얼굴에는 엷은 미소가 보인다

아버지 얼굴에는
늘 웃음꽃이 만발했는데
힘없이 핀 꽃을 보다가
내 울음소리는 그만 담장을 넘었다

담장 넘은 통곡 소리는
메아리로 돌아와
아버지 두 눈에 눈물로 담겼다.

배추

김장철이다
엄마 사랑 듬뿍 받고
푸르게 자란 배추!

김장하려고
배추를 뽑다가 깜짝 놀랐다
예전보다 훨씬 가볍다

아버지가 아파
사랑을 많이 주지 못해서일까?
뽑아 놓은 배추가
쓸쓸해 보인다.

무

푸른 치마 입고
긴 다리에
반허리 불쑥 내민 그대!

역시 그대는
천하제일 미인!

김장

해마다 초겨울이면
친정 마당에 온 가족이 모여
시끌벅적 김장을 했다

수육 삶고
팥시루떡에 굴부쌈!
수다와 웃음을 넣어
김장을 버무렸다

올해도 김장을 한다
아픈 아버지 대신
사랑을 더 넣고
아쉬움을 함께 버무린다.

허수아비

겨울 허수아비
들판에 홀로 서 있다

다들 어디로 갔나?
재잘대던 참새도 없고
새 쫓는 농부도 보이지 않고

허수아비는
가을 들녘을 기다리겠지

그대 그리운 내가
그리움 속에서 함께 걸을
그대를 기다리고 있는 것처럼.

아버지의 유언

아버지는
천국 갈 준비로 바쁘시다

남은 가족에게
"감사합니다!"
이 말을 반복하고
또 반복하셨다

감사했다는 말은
남은 우리가 해야 하는데
가시는 날까지 가족들에게
애정 어린 감사를 전한다

"감사합니다!"
아버지 사랑에
가슴이 뭉클하다.

화장터에서

아버지가 하늘나라로 떠나셨다
평소 유언대로 화장을 했다

아버지는, 뜨거운
것도 잘 참아 내셨다

평생 묵묵히
헌신하며 사셨으니
인내하는 것이 몸에 뱄나?

가족들 통곡 소리에도
대답 한 번 안 하신다
뜨거운 불에 모든 걸 맡기고
가벼운 몸으로 나오신 아버지!

아버지의 팔십팔 년의 흔적이
한 줌 재로 남았다
유골함에 담아
가슴으로 안는다
아버지 체온처럼 따뜻하다.

병원

축 늘어진 어깨
겁먹은 얼굴로
병원 문을 들어선다

단골손님이지만
갈 때마다 낯설다

친절한 것도 싫고
반겨주는 것도 싫다

다음에 또 보자고
의사는 당당하게 약속한다
애인이나 되는 것처럼

애인도 싫고
사랑도 싫다
싫지만 가야 하고
싫어도 찾아야 하는 병원

그대와 나의
운명적 만남.

약속

서울역 앞 시계탑은
수많은 사연을
차곡차곡 쌓아 올렸다

만남을 싣고 달려오고
이별을 싣고 떠나가고

그대와 인연을
매달고 떠난 기차

그 기차는
봄이 되어도 오지 않았다
기억 속에 레일을 깔고
그리움 속으로 찾아가기 전까지
오지 않겠다 했다

눈을 감는다
가깝게
기차 소리 들린다.

바다가 그린 그림

바닷가 모래 위에
그대 얼굴 그린다

그리다
그리다
너무 깊어
결국 바다가 되는
그리움을.

할아버지

언제 불러도
정겨운 할아버지

세월 따라
아련히 멀어진 이름
할아버지

목련꽃 피고
진달래꽃 피는 봄이면
할아버지
당신이 그리워집니다

꽃을 보면
옅어진 할아버지 생각에
다시 색칠합니다.

그리움을 수놓다

마당에
온 가족이
멍석 깔고 앉아
감자 구워 먹던 밤!

밤하늘처럼
내 입술도
검게 물들여 가며
행복했었지요

지금도
내 가슴에
그 밤이 있습니다
그리움을 수놓고 있습니다.

백일홍

해마다
우물가에 핀
백일홍꽃!

아버지가 심고
어머니가 가꾸면서
함께 즐거워하시던 꽃!

백일홍은
그리움이 묻어나는
어머니 얼굴이다

아니,
아버지 모습까지 담긴
가족이다.

제4부

촛불은 밤을 지새우며 운다

세월 속에 피는 꽃

얼굴에 검버섯이
여기저기, 내 눈과
마음까지 신경 쓰게 만든다

하지만
세월 속에 피는 꽃
힘들어도
아픈 것보다 좋은 꽃!

그래, 이제
심통 부리지 말고
있는 그대로 보듬으며
여생을 보내야겠다

내려놓고 보니
이 꽃!
봄날 벚꽃보다 화사하다.

기차가 들어왔지

숨소리조차
귀찮던 날

기차 타고 떠난 여행
그곳에서
인연 닿아 그대 만났다

어느 날
그대는 다시 기차로 떠났지
수많은 사연 싣고
레일 위로 무겁게 달리는 기차

그 레일 끝에
그대가 있을 것 같아
그리움에 기차역을 만들었지

그 역으로
기차가 들어왔지
그대 웃는 모습 태우고
추억 속으로 들어왔지.

어느 자화상

화려하게 입고 외출한다
한 꺼풀 겉옷을 벗고
다시 벗는다
캄캄한 세계로 들어선 껌!

향기를 품고
위풍당당했던 자태는
이내 흐트러지고
상처투성이가 된다

시키는 대로 일하다가
미련 없다는 듯
탁 인연이 끊긴다
만신창이가 된 몸으로
낯선 운동화 밑창에
능청스레 엉겨붙는다

천덕꾸러기로
눈치까지 보면서
여기저기 검은 흔적을 남긴다

그래도 돌아보니
자기 역할 다하면서
열심히 살았다

토닥토닥!

거울

다이어트 댄스를 배운다
거울 속에 비친 팔과 다리는
내 의지를 벗어나 자유롭다

나는 댄스를 하고
거울 속에는
봉산탈춤이 한창이다

세월의 서러움을 느끼며
흐르는 땀을 닦고
나만의 비밀을 간직한다

내가 무엇을 했는지
나만 알고 있다
거울에 비친 내가
내가 아닌 것을.

촛불이 운다

그립다
그립다
너무 그리워
촛불은 밤을 지새우며 운다

오늘 밤도
그대 사랑 그리워
눈물을 흘린다

사랑 때문에
울어 본 사람은
진정한 사랑을 안다

눈물이 난다
그대 생각 지워도
지워도 너무 그리워
자기도 그렇다며 눈물 흘리는
저 촛불.

모자

짙은 화장과
화려한 옷으로
세월을 지우고
외출 준비를 한다

흰 머리카락을 가리려고
모자까지 눌러썼다

세월의 흔적은
다 가릴 수 있지만
설렘으로 담긴
그대와의 추억은 지워지지 않는다

그대, 한세월
내 안에 머물렀는데
감추어서 무엇하나?

그냥, 나 지금
사랑 중이라며 웃었다
주름이 지워지도록 웃었다.

월급날

쥐꼬리
살랑살랑 흔들며
앞문으로
살금살금 들어오는데

눈치 빠른 카드 청구서
뒷문 활짝 열어 놓고
뒷짐 지고 웃는다.

해바라기꽃 연가

보고만 있어도 좋다

솜이불같이
내 감정을
살포시 누르는 해바라기!

그리움에 지쳐
고개 숙이는 얼굴에
알알이 사연이 담긴다

너
지금
어디에 사니?

가을에게

파란 하늘을 보다가
시비를 걸고
시원하게 부는 바람에게
다시 시비를 걸었다

가을이라
잔뜩 심통이 났다
이 기분 나도 모르겠다

그냥 뒹구는 낙엽 하나
주워 들었다가
그대 얼굴이 생각난 것 말고
아는 게 없다

괜스레
가을에게 미안했다.

삼한사온처럼

그대 생각에
추위가 사라졌다가
다시 따뜻해지고

그대 생각도
삼한사온처럼
변덕쟁이

다가서면 물러나고
물러나면 다가오고
어쩌면
그래서 더 사랑스럽다.

동그라미

동그라미가 많을수록
칭찬도 많아졌던 시절

동그라미 하나에
웃는 얼굴
동그라미 또 하나에
즐거운 얼굴
동그라미 하나 더에
행복한 얼굴!

동그라미가
내 안에 동그라미를 그렸다

눈 코 입이 그려지고
그대 웃는 얼굴이 되었다
사랑을 선물로 받았다.

길

그대 떠나던 날
그 길, 그대
되돌아올까 기다리며
한동안 머물렀지

서러움 잔뜩 남겨 두고
그대 떠나는 뒷모습!
허공에 낙서로 남았지

나도 내 맘 모르는데
내가 어찌
그대 맘 알 수 있을까?
그걸 이제야 알았다

날 좋아했던 그대 마음에
동그라미를 쳤다
그 동그라미에
장미꽃이 피었다.

바다

바다는 고요하다
고요함 속에 나를 가둔다
가두고 보니 그립다

그리움 속에서
나를 만난다

그대를 찾게 해 달라고
바다에게 도움 청하고
기다리고 있는 마음!

파도가 밀려온다
알았다며
그대 그리움을 담고 온다.

주문표대로

아이들이 그려 준
내 얼굴
웃는 모습이 산뜻하다
다시 보니 예쁘다

항상 웃어 달라는
주문표 같아서
괜스레 미안하다

이제 주문표대로
웃음으로 계산하며 살아야겠다.

스승의 날

여고 시절
가슴에 담긴
꽃 한 송이!

여전히
그 꽃은
진한 향기를 담고
내 가슴에 피었습니다

존경으로 피운 꽃
사랑으로 피운 꽃!

조약돌

백담사 계곡에서
조약돌을
가슴에 담고 담았다

보고 싶다
보고 싶다

그리움 속에서
그대 생각 대신
구르는
돌!

아이스크림

7월 햇볕이 따갑다
녹아내릴 것 같은 더위에
아이스크림 되는 줄 알았다

날 녹이는
지금 이 더위!
그대 생각이었으면.

엘리베이터

엘리베이터를 탄다

나, 아직
사랑할 나이!

나이가
아래로 내려가는
스위치를 누른다.

휴게소

고속도로를 달리다
휴게소에 들렀다
음료수를 사고
기름을 채웠다

음료수는 갈증을 지우고
기름은 걱정을 지우고

지웠으니
곧 만날 친구
친구 생각 앞세워 출발!

영수증

슈퍼에서 물건을 사고
영수증을 받았다

깜짝 놀라
영수증을 다시 보았다
물가가 올라도 너무 올랐다

괜찮아,
내 안의 그대 생각도
날마다 오르고 있고
올랐어도 감당하잖아.

시장

재래시장에는
무엇이든 다 있다

사고 싶은 것 고르다가
그대 생각까지 골랐다

오늘따라
시장바구니가 가볍다.

동박새의 꿈

매화 나뭇가지에
동박새 한 마리
앉아 있다

봄바람과 종알종알
귓속말로 속삭인다

무슨 이야기인가
궁금해서 물어보니

매화 꽃잎 한아름
물고 포르륵 날아왔다
사랑이다.

제5부

그대 만날 것 같은 봄

까치 사랑

까치 한 쌍이
둥지를 지었다

소리 없이
나뭇가지를 물고 와
둥글게 둥글게

둥지 속에서
사랑을 속삭인다

둥지는 봄바람에
살랑 흔들린다

올여름에는 새끼 까치가
나무가 흔들리도록 울겠지만
지금은 사랑이 먼저다

조용!
조용!

그대라서

그대라는 그리움은
계산할 수 있는
단위가 아니다

그냥
그대라서….

핑크빛 수첩

사랑이 곱게 물들던 시절
수첩은 온통
핑크빛 사랑이 되곤 했었지

그 핑크빛은
내 가슴에 그림을 그렸지

보고 싶은 사람
그대 얼굴을 그렸지

그 그림
지금도 그리움에 걸려 있지.

화분

베란다 구석
작은 화분 하나

바쁘다는 핑계로
눈길조차 주지 않았는데
예쁜 꽃을 피우고
꽃빛으로 눈까지 마주쳤다

관심 주지 못해 미안한데
꽃은 연신 웃으며
그대처럼,
내 마음속으로
들어서고 싶어한다

아~
이 꽃!
내 가슴에 꽃으로 핀
그대 웃는 얼굴!

기차

단풍 곱게 든 날
기차 타고 훌쩍
여행을 떠나고 싶었다

그대 생각 멀리
두고 올 수 있게.

오뚝이

앉았다 일어나고
또 앉았다 일어나고

오뚝이는 부지런해도
내 사랑과 다르다

한번 담긴 마음
지우지 않고
늘 사랑으로 보듬는
내 사랑과
달라도 너무 다르다.

미용실

기분이 우울해서
미용실에 왔다

거울 속에 비친
짧은 머리가 어색하다

다시 거울을 보며
예쁘다 예쁘다
주문을 건다
정말 예뻐졌다

예쁜 모습에
기분까지 상쾌해졌다

내친김에
그대나 만나러 갈까?

볼펜을 보면

볼펜이 귀하던 시절
그대에게 눌러썼던
사랑 편지!

편지 속에
그림도 그렸었지요

지금도
볼펜을 보면
그리움 속에
그대 얼굴이 그려집니다
지워지지 않게 그려집니다.

입춘

봄
봄
봄!

여기저기서
아우성

그래 나도
봄을 핑계로
그대 소식 기대해 봄!

봄이 오는 길목

봄이 왔다고
여기저기서 아우성친다

꽃샘추위에
개구리가 죽는다고
엄포를 놓아도
봄은 봄이다

그대 생각으로
이미 내 안은
꽃 가득 핀 봄
봄이 맞다.

신발장

쑥쑥 키가 자라고
쑥쑥 발이 자라고

신발장은
비좁은 셋방살이
그 속에서
오순도순
희망이 자란다

희망 속에
내가 자라고 있다.

내 봄

봄이 온다기에
창문을 열어 보니
"아이 추워!"
아직은 바람이 차다

창문 너머 나무는
새싹 틔울 준비로
숲을 흔드는데

까치 한 쌍
나뭇가지 물고 와
새 보금자리 만들기 바쁘다

봄이다
그대 만날 것 같은
내 봄이다.

봄바람

봄바람이 상큼합니다
그대 웃음소리처럼

봄바람이 따뜻합니다
그대 사랑처럼

하지만
봄바람이 정겨운 건
그대가 내 맘속에
있기 때문입니다

봄이 이리 좋은 걸 보면
말 안 해도 압니다.

그대 닮은 봄

봄이다
그대 닮은 봄

향기롭고
상큼하고
그대와 만남을
기대해도 좋은 봄

하지만
그대처럼 늘
기다리게 하고 떠나는
얄미운 봄.

고향과 봄

봄이 왔다
고향 들판으로
아장아장 걸어온 봄

산 넘어온 봄바람에
묻어온 봄

봄이 왔다
쑥 캐시던 엄마
그리움으로 왔다

엄마 떠난 빈집에서
홀로 맞는 첫봄
한 마리 숭벅궁 새처럼
외롭게 봄은 왔다.

등산로

사람들이 많이 다녀
길이 난 등산로

내 안의 그리움에도
길이 나 있다

보고 싶은 날
아니,
생각나지 않은 날도
이 길 따라 걷다 보면
그대가 곁에 와 있다

그 재미에
수시로 찾아가 걷다가
익숙한 길을 만들고 있다.

느낌표

느낌으로 안다
그대가 내 안에
머물러 있다는 사실

그대 생각하면
내 가슴이 두근두근

그대
내 안으로 오셨으니
그대 기다리는 마음
알았을 거야

그러니 이제
내 앞으로 나와
느낌을 지웠으면 좋겠어.

매화

그대 향한
내 그리움을 아는지
바람이 줄곧 흔들어 댄다

그대 보고 싶다는 말
차마 꺼내지 못해
산 너머로 부는 바람에
살며시 얹어 놓는다

초경의 선분홍 젖꼭지처럼
설렘에 부풀어 가는
그대 향한 마음!

가만가만히 피워 본다.

약봉지

싫다고 도리질을 치지만
한사코 좋다고 스토커처럼
따라붙는 너

만나지 말았어야 할 악연이지만
쉽사리 떨칠 수 없다

때로는 필요에 의해
널 사랑하는 척하지만
언제쯤이면
너와 영영 이별을 할까?

너와 나
인연인지 악연인지
필요에 따라 찾지만
너와 멀리하고 싶은
이 마음.

이별

지나온 날들이
푸른 파도처럼 밀려왔다
하얗게 밀려간다

둘이서 나누었던
사랑의 밀어는
파도처럼
산산이 부서지고

깊은 가슴속에는
아린 사연이 새겨진다

소리 없이 흐르는 흰 구름이
지나온
날들을 그려 놓는다.

세상을 보는 눈

짓궂은 뱃살
보란 듯이
불뚝 내민다

다행이다
뱃살만큼
내 안에
세상을 보는 눈
연륜도 깊어져서.

추억

잔디밭에
토끼풀꽃이 피었다
꽃시계를 만들어 주던
설렘으로 얼굴 붉히던 시절!

노랑나비 한 마리
그대를 불러낸다
하지만 그대는 없고
그리움만 날고 있다

그대 너무 그리워
코끝이 찡하다.

고향 하늘

고향 마을을 지켜 주던
터줏대감 노송은
아련한 유년 시절을 간직하고 있다

노송에 매단 종소리는
고향 산천을 흔들며
내 어린 가슴에 메아리를 낳는다

세월 속에 묻힌 동심은
어느 하늘가에서
청아한 그 종소리 그리워할까

세월 따라 변한 고향 산천
살며시 감춰 두고
노을 지는 고향 하늘 바라보며
남 탓만 하고 있다.

세월의 뒤안길

한결같이
출근 준비로 바쁜 남편을 바라보니
어깨는 기울고 허리는 굽었다

가장이라는 자리가
버거웠나 보다
괜스레 미안했다

화려하지 못한
세월 속에 핀 한 송이 꽃
그 그늘에서 무심히 지나 버린 세월
가슴이 먹먹하다
살며시 옷매무새 가다듬어 주었더니
활짝 웃어 준다.

그리움,
가슴에 숨어 피는
꽃